LE PLAISIR DE LA SOCIÉTÉ, OU RECUEIL DE POESIES.

À PARIS,

Chez Madame Veuve QUILLAU,
Rue Galande, n°. 47.

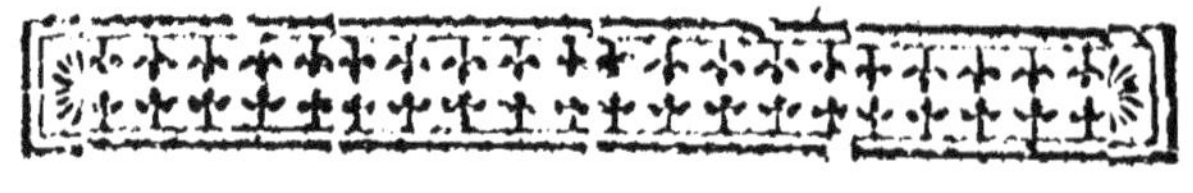

LE PLAISIR DE LA SOCIÉTÉ, OU RECUEIL DE POESIES.

COUPLET

Adressé à une jolie femme qui se regardoit dans un miroir.

Air : *Du doux nenni.* (Gentil-Bernard.)

DANS un miroir de sa mère,
Un jour l'Amour se miroit ;

Plus joli qu'à l'ordinaire,
Le petit dieu s'admiroit.
Ce miroir n'étoit qu'un verre,
De son erreur on rioit;
Car Sophie étoit derrière,
C'étoit elle qu'il voyoit.

REGRETS D'AMOUR.

ROMANCE.

Musique d'Alex. Piccini,

Ou : *Vous voyez bien qu'il est pour vous.*

(De FANCHON.)

BORDS charmants que la Seine arrose,
Vous avez vu dans son été
S'effeuiller et tomber ma rose ;
C'est donc le sort de la beauté !

Mais sa mort n'a rien qui m'étonne.
J'ai dit, en la voyant souffrir :
Elle est simple, naïve et bonne,
C'est aux champs qu'elle doit mourir.

Vous! qu'elle embellissoit encore,
Gazons riants, sombres forêts,
Et toi, doux lever de l'aurore,
Pour moi vous n'avez plus d'attraits;
Le spectacle de la nature
Attriste mon cœur et mes yeux;
Les prés, les bois et la verdure,
Tout me dit : vous n'êtes plus deux.

Doux portrait qui me la rappelles,
Tu viens augmenter mes regrets;
Voilà ses yeux, ses traits fidèles;
Je ne les reverrai jamais !
De larmes en vain je t'arrose,
Bannissons un frivole espoir;

Cette onde tanime une rose,
Mes yeux n'en ont pas le pouvoir.

CONSEILS.

Air : *Femme sensible, entends-tu le ramage ?*

Un tendre amant veut-il dire qu'il aime,
De ses yeux seuls qu'il emprunte la voix ;
S'il est sincère, ils parleront de même,
Tout, à la-fois, décèlera son choix.

Loin du fatras de la triste éloquence,
Pour nous toucher c'est un foible moyen :
Le cœur abjure une vaine science ;
Et quand il parle, il parle toujours bien.

Vous, dont le cœur est facile à séduire,
Craignez l'amour quand il a trop d'esprit,

Quand un amant pense à ce qu'il veut dire,
Bien rarement il pense à ce qu'il dit.

ROMANCE.

Air : *Femme sensible, entends-tu le ramage ?*

Le désespoir avoit navré mon ame:
Pour un ingrat je pleurois nuit et jour;
Je brule enfin d'une nouvelle flamme,
Et je renais pour un nouvel amour.

L'aimable objet, que maintenant j'adore,
Calme mon cœur trop longtemps égaré;
Et près de lui si je soupire encore
C'est de regret d'avoir trop soupiré.

A ses transports lorsque je m'abandonne,

Tout, à mes sens, offre un nouveau
plaisir;
Oui, je jouis du plaisir qu'il me donne,
Et des tourments dont il m'a su guérir,

Son doux regard, son amoureux langage,
Ramène en moi la vie et le desir;
Ainsi Phébus, après un long orage,
Vient annoncer le retour du zéphir.

O toi! qui sais quelle ivresse est la nôtre,
Ami, conserve un si charmant lien;
Ton doux amour me tient lieu de tout
autre,
Quel autre amour me tiendroit lieu du
tien.

L'AMANT TRAHI.

Air : *Femme sensible.*

QUAND tu m'aimois, inconstante Sophie,
J'étois heureux, je chérissois le jour;
Tu m'as quitté, je déteste la vie;
Tout mon bonheur n'étoit que mon amour.

Quand tu m'aimois, le dieu de l'harmonie
Et les neuf sœurs m'inspiroient tour-à-tour,
Tu m'as quitté, j'ai perdu mon génie;
Tout mon talent n'étoit que mon amour.

Quand tu m'aimois, aux larmes accessible,

Des malheureux je cherchois le séjour;
Tu m'as quitté, mon cœur est moins
sensible,
Car mes vertus étoient dans mon amour.

JE NE LA VERRAI PLUS!

ROMANCE.

Air: *O Fontenay, &c.*

O souvenir! à mon cœur plein d'alarmes
Cessez d'offrir les biens qu'il a perdus!
Plus d'avenir, mes yeux versent des
larmes;
L'espoir s'éteint... Je ne la verrai plus!

Bosquet si cher à mon ame captive,
Où s'exhaloient nos soupirs confondus:
En te voyant, ma voix triste et plain-
tive
S'écrie: Hélas! je ne la verrai plus!

Ruisseau charmant, sous un mobile om-
brage,
Tu répétois ses attraits ingénus;
Dans l'onde envain je cherche son
image,
J'y lis ces mots : Je ne la verrai plus!

Viens, douce erreur que nourrit ma
tendresse,
Rends tout le calme à mes sens éperdus!
Que dans mon cœur je la trouve sans
cesse,
Quand mes yeux seuls ne la reverront
plus!

HYMNE A LA GAÎTÉ.

Air : *Mais peignez-vous le paysage.*
(De FANCHON la Vielleuse.)

DANS l'âge heureux où des plaisirs

L'essaim brillant nous environne,
A la Gaîté, dans nos loisirs,
Amis, tressons une couronne.
Ce devoir si cher à nos cœurs,
Nous ne pouvons le méconnoître;
Comment lui refuser des fleurs,
Quand sous nos pas elle en fait
naître.

De l'amour avec nos beaux ans
L'illusion nous est ravie,
Mais la Gaîté change en printemps
L'hiver même de notre vie.
Elle adoucit tous nos regrets
Par les plus riantes images :
Elle est enfin, par ses bienfaits,
La volupté de tous les âges.

L'homme que soutient la Gaîté
Se rit du coup qui le menace;
C'est d'elle aussi que la beauté

Tient son coloris, sa grace;
De la Gaîté le doux attrait
Embellit jusqu'à la sagesse;
De l'enfance elle est le hochet,
Et le bâton de la vieillesse.

Il n'est donné qu'à la vertu
D'éprouver son heureux délire;
Lorsque le cœur est corrompu,
La bouche peut-elle sourire?
Cette aimable sérénité
De l'innocence est la parure...
Une belle ame sans Gaîté,
Seroit un printemps sans verdure.

O Gaîté! doux charme des cœurs,
A mon bonheur toi qui présides,
Puisse un jour ta main sous les
fleurs
De mon front dérober les rides!
Brillante des mêmes appas

Qui me charmoient à mon aurore,
Laisse-moi mourir dans tes bras,
Et je croirai jouir encore.

A ROSE.

Air : *Bouton de rose.*

Le nom de Rose
A juste droit te fut donné ;
L'Amour qui prévoit toute chose,
En naissant t'avoit destiné
Le nom de Rose.

Par-tout des roses,
Sur tes pas fixent le plaisir ;
Il en est qui sont lettres closes ;
Mais je vois des yeux du desir,
Par-tout des roses.

C'est une rose
Qui sur ton teint s'épanouit ;

Lorsque ta bouche à demi-close,
Avec finesse nous sourit,
C'est une rose.

Bouton de rose
Se débat sous le clair linon;
Si ton sein jamais ne repose
C'est que tu retiens en prison
Bouton de rose.

Parfum de rose,
S'exhale et vient nous effleurer;
Heureux l'Amour, si l'Amour ose
Presser ta bouche et respirer
Parfum de rose,

C'est une rose
Dont Flore se pare au printemps;
Si dans ses bras Zéphir repose,
Quel charme a fixé l'inconstant?
C'est une rose.

D'un nœud de rose
Vénus a le front couronné,
Et Mars, qui sa fierté dépose,
Languit mollement enchaîné
D'un nœud de rose.

Couleur de rose
Étoit jadis blancheur de lys;
Quel dieu fit la métamorphose?
Le premier baiser de Cypris,
Couleur de rose.

LE LOGEMENT DE L'AMITIÉ.

Air *du vaudeville du Mameluck.*

L'AMITIÉ n'est pas facile
Sur le choix d'un logement,
Elle aime un séjour tranquille
Pour converser librement.
Le plus beau manoir l'ennuie

Quand elle y voit du vernis;
Du haut, du bas ennemie,
Elle veut des lieux unis.

Son déplaisir est extrême
Dans un lieu sombre et couvert ;
Le grand jour est ce qu'elle aime :
Par-tout elle veut voir clair.
D'une architecture folle
Méprisant les vains rapports,
Elle défend qu'on immole
L'intérieur au dehors.

Jamais, pour sa résidence,
Nul endroit n'est destiné,
Qu'il ne soit, par sa prudence,
Mûrement examiné;
Telle est enfin sa manière :
Qu'il ne faut, dans son séjour,
Point de porte de derrière,
De recoins, ni de détour.

Mais lorsque le sort propice
Lui fait trouver une fois
Un bon et commode hospice,
Un lieu digne de son choix,
Elle en fait son domicile,
Et son cœur s'y plaît si fort,
Que souvent dans cet asile
On la voit jusqu'à la mort.

Cupidon, tout au contraire,
Sans rien voir, loge en tout lieu,
Mais il n'y séjourne guère,
Vîte il part sans dire adieu;
Le terme de vingt-quatre heures
Lui suffit, et l'étourdi
Fait quelquefois six demeures
Du dimanche au samedi.

LES FAUVETTES.

Air : *Du partage de la richesse.*

(De FANCHON la Vielleuse.)

O vous! dont la douce innocence
Ajoute aux charmes de ces lieux,
Ne redoutez pas ma présence;
Je ne viens point troubler vos jeux,
Tendres Fauvettes, je suis mère;
Nous vivons sous la même loi;
Mais cet asile solitaire
Vous rend plus heureuse que moi.

A l'aspect de cette prairie,
Je me sens déjà ranimer:
Ici je passerois ma vie....
C'est ici que l'on sait aimer.
Vous n'êtes jamais infidelles,
Un seul objet sait vous fixer....
Et pourtant vous avez des ailes,

Mais c'est pour mieux vous car-
 resser.

Ah ! d'où naît ce léger ramage
Que j'entends parmi ces roseaux ?
Je dois deviner ce langage....
Volez, volez, heureux oiseaux,
Votre famille vous appelle,
Craignez de la faire languir,...
Car un nouveau besoin pour elle
Vous promet un nouveau plaisir.

Je pars, fauvettes innocentes,
Mais je reviendrai dans ces lieux...
Ah ! puissent vos leçons touchantes
M'instruire dans l'art d'être heu-
 reux
Ou, si je ne dois plus prétendre
Au bonheur qui m'est enlevé,
Laissez-moi vous voir, vous en-
 tendre !
Je croirai l'avoir retrouvé.

L'ABSENCE.

ROMANCE.

Air : *Non, non, Doris ne pense pas.*

JE vais contenter ses desirs,
Zélis, ô ma charmante amie !
Tu me demande quels plaisirs
Occupent les jours de ma vie :
Hélas ! il n'en est pas pour moi,
Sans le charme de ta présence.
Eh ! puis-je sans parler de toi,
Me consoler de ton absence.

La rose qui brille au matin
Me montre ta beauté piquante,
Le tendre lys de ton beau sein
A la blancheur éblouissante;
Dans la sensitive je vois
Le charme de ton innocence;

L'immortelle m'offre à-la-fois
Et ton esprit et ma constance.

Va, le temps ne m'a pas changé,
Tu règnes toujours sur mon ame;
Et cet exil! trop prolongé!
N'a fait que redoubler ma flamme?
Rien ne peut soulager mon cœur
Du feu cruel qui le dévore;
Zélis, je ne crains qu'un maleur,
C'est de souffrir long-temps encore.

L'AMITIÉ.

Air du vaudeville du Mameluck.

QUAND la vieillesse commence,
La douceur de soupirer
Est l'unique jouissance
Qu'il soit permis d'espérer.
L'amour fuit, l'amitié tendre

Ose alors lui ressembler ;
Mais trop peu pour rien prétendre,
Assez pour nous consoler.

Adieu, folle et douce ivresse,
Que je pris pour le bonheur,
J'eus des sens dans ma jeunesse,
Il me reste encore un cœur.
Que celle à qui je le donne
Daigne en approuver l'ardeur,
Je dirai : Mes jours d'automne
Ont encor quelque chaleur.

Pour l'amour tout est martyre ;
Enthousiasme ou fureur ;
Pour l'amitié qui soupire,
Tout est plaisir et faveur.
Eglé règne sur mon ame,
Sans en troubler le repos ;
Et mes desirs et ma flamme
N'alarment point mes rivaux.

Je la verrai poursuivie
Par la foule des amours,
Et le déclin de ma vie
Jouira de ses beaux jours.
Tel, sur sa tige inclinée,
Un vieux chêne de cent ans,
Croit renaître chaque année
Avec les fleurs du printemps.

ROMANCE PASTORALE.

Air : *Je l'ai planté, je l'ai vu naître.*

L'Eté, géant, robuste et mâle,
Escorté de ses jours brulants,
Sous le poids meurtrier du hâle,
A fait expirer le Printemps.

Dejà l'ardente canicule
Dessèche les gazons poudreux ;
Silvandre aussi languit et brûle,
Mais ce n'est pas des mêmes feux.

A l'ombre, au bord d'une fontaine,
Il avoit conduit son troupeau ;
Et soupiroit ainsi sa peine
Penché sur le tronc d'un ormeau.

Arbres touffus dont l'abri sombre
Me défend des ardeurs du jour,
Que ne puis-je aussi sous votre
ombre
Echapper aux feux de l'amour.

Vos chants à mes chants se con-
fondent,
Oiseaux qui gémissez toujours ;
Les bois, les rochers nous répon-
dent ;
Ils ne sont ni muets, ni sourds.

L'onde qui fuit loin de sa source
Murmure au récit de mes maux ;
Elle précipite sa course
Pour n'entendre plus mes sanglots.

Témoin des ennuis de son maître,
De mes moutons le plus chéri,
Semble avoir oublié de paître,
Et bêle auprès du thim fleuri.

Plaintif, ainsi que ma musette,
Mon chien partage mes chagrins,
Et mêle sa douleur muette
A mes soupirs, hélas! trop vains.

Ismène, ô bergère inflexible!
Quand tout plaint mes feux abusés,
Seras-tu donc seule insensible
Aux maux que toi seule a causés?

Vains discours! hélas! quand ma flamme,
Plus brulante encore que l'été,
Dévore et mes sens et mon ame
De la soif de la volupté.

De ton teint la rose est l'emblême,

Le printemps y brille en sa fleur;
Et l'hiver, moins froid que toi-
même,
A mis ses glaces dans ton cœur.

PRIÈRE D'AMOUR.

Air : *Appelé par le dieu d'amour.*

DANS tes beaux yeux je vois l'a-
mour,
Ta bouche est le temple qu'il aime;
Ton cœur seul peut-il en ce jour
Braver sa puissance suprême :
Pour toi ce dieu sut m'enflammer.
Que son doux charme te captive!
Ah! je ne vis que pour t'aimer,
Aime-moi donc pour que je vive.

Le ruisseau caresse les fleurs,
Le zéphir caresse la rose;

D'amour, tous les traits sont vain-
queurs;
Pour régner, il suffit qu'il ose.
Quand l'amour sait tout animer,
Tu ris de ma flamme naïve.
Ah! je ne vis que pour t'aimer,
Aime-moi donc pour que je vive.

Ovide a chanté ses plaisirs;
Anacréon, dans sa vieillesse,
Ressentit encor les desirs,
Et célébra sa douce ivresse;
Leur exemple doit t'enflammer,
Du temps la marche est fugitive,
Ah! je ne vis que pour t'aimer,
Aime-moi donc pour que je vive.

LES ORPHELINS
DU MONT-CENIS.

ROMANCE.

Air *à faire.*

Une petite Savoyarde d'onze à douze ans.

NOUS venons du haut Mont-Cénis
Vers la douce terre de France ;
Pour quitter ainsi son pays,
Qu'il faut être en grande souffrance.

La petite Savoyarde avec son frère.

Ames sensibles, cœurs humains,
En vous seuls notre espoir repose ;
Donnez aux petits orphelins,
Pour l'amour de Dieu, quelque
chose.

La petite Savoyarde, seule.

Je n'avois pas encor neuf ans
Quand nous perdîmes mon bon
père ;
Au bout de deux autres printemps
La mort vint nous ravir ma mère.

Les deux ensemble.

Ames sensibles, cœurs humains,
En vous seuls notre espoir repose ;
Donnez aux petits orphelins,
Pour l'amour de Dieu, quelque
chose,

La petite Savoyarde, seule.

Plus jeune que moi de quatre ans,
Il me restoit ce petit frère ;
Que pouvoient faire deux enfants
Sans parents et dans la misère.

Les deux ensemble.

Ames sensibles, cœurs humains,
En vous seuls notre espoir repose;
Donnez aux petits orphelins,
Pour l'amour de Dieu, quelque
chose.

La petite Savoyarde, seule.

Un oncle avare et déloyal
S'empara de notre cabane;
Nous avions un petit cheval,
Il le vendit avec notre âne.

Les deux ensemble.

Ames sensibles, cœurs humains,
En vous seuls notre espoir repose;
Donnez aux petits orphelins,
Pour l'amour de Dieu, quelque
chose.

La petite Savoyarde, seule.

Cet oncle me dit un matin :
Pendant trois jours je t'ai nourrie,
Tous deux allez chercher du pain
En montrant la marmotte en vie,

Les deux ensemble,

Ames sensibles, cœurs humains,
En vous seuls notre espoir repose;
Donnez aux petits orphelins,
Pour l'amour de Dieu, quelque chose.

La petite Savoyarde, seule.

Depuis ce jour, sur les chemins
Je vais roulant avec mon frère;
Depuis ce jour, de nos destins
Semble s'accroître la misère.

Les deux ensemble.

Ames sensibles, cœurs humains,

En vous seuls notre espoir repose ;
Donnez aux petits orphelins,
Pour l'amour de Dieu, quelque
chose.

VERS.

LE SONGE.

A ÉLÉONORE.

La veille de mon mariage.

Salut, aimable nuit, toi qui, dans
mon sommeil,
Présentes à mes yeux ma chère Éléonoré!
Et toi, qui viens aussi t'offrir à mon
réveil,
Jour enchanteur, je te salue encore!
Ma maîtresse, ô songe charmant!
Il me sembloit qu'en proie à ma ten-
dresse,

Dans le plus doux ravissement,
Je désarmois sa cruelle sagesse.
J'étois époux!.. ó fortuné moment!
Dans quels transports je dévorois tes charmes!
Tu pleurois!... et j'étois insensible à tes larmes!
Tu m'implorois!..., et dans tes bras,
Tout entier à l'amour, je ne t'entendois pas.
Illusion enchanteresse!
Tu disparois; mais mon cœur agité,
Qu'un si doux souvenir oppresse,
Aspire aujourd'hui même à la réalité.
Oui, ce beau jour m'annonce une nouvelle ivresse;
Je vais prononcer le serment
D'être à toi, de t'aimer sans cesse,
D'être ton protecteur, ton ami, ton amant.

Adieu, tendres larcins, délicieux mensonge !
Je n'aurai plus besoin de vous ;
Dans un moment je serai son époux,
Et mon bonheur ne sera plus un songe.

LE CHIEN ET LE CHAT.

Air *de Réné le Sage.*

Un joli chat, un vieux barbet,
Avoient tous deux même maîtresse;
On battoit le chien vieux et laid,
On carressoit le chat sans cessse.
L'un au devoir sut se former,
Et l'autre, à la grace légère ;
Le barbet ne savoit qu'aimer,
Et le chat ne songeoit qu'à plaire.

Trop souvent le pauvre barbet

Sans dîner passe la journée,
Tandis qu'une aile de poulet
Au chat friand est destinée.
La nuit vient, le barbet constant
Au dehors veille avec adresse,
Guète un voleur, léche un amant,
Et punit ainsi sa maîtresse.

Par un arrêt de créanciers
La dame voit son domicile
Peuplé de recors et d'huissiers ;
De sa maison elle s'exile.
Dans ce cas, maints amis discrets
Aux malheureux, par habitude,
Laissent pour soutiens leurs regrets,
Pour compagne la solitude.

Aussi vit-on, dans ce moment,
Cédant à la cohorte impie,
La pauvre femme tristement
Quitter sa maison envahie.

Dans un aussi fâcheux état
(Notre sort est souvent le même),
Qui la suivit ? Qui ? Pas un chat !
Et pas même celui qu'elle aime.

Seule en un galetas voisin,
Un bruit léger vient la surprendre ;
A la porte elle court soudain :
Qui voit-elle ? Un ami bien tendre !
Son barbet qui, d'un air tremblant,
Demande, non qu'on le caresse,
Mais d'obtenir uniquement
De vivre auprès de sa maîtresse.

Elle eut un instant de bonheur !
« Viens, dit-elle, ami si fidèle,
» Quitte mes pieds, viens sur mon
» cœur
» Recevoir le prix de ton zèle. »
Mon chien, mon chat, par ma
leçon,

Aujourd'hui se font reconnoître ;
L'un est fidèle à la maison,
Et l'autre est fidèle à son maître.

LE GOURMAND.

CHANSON A MANGER.

Air : *Aussi-tôt que la lumière.*

AUSSI-TOT que la lumière
Vient éclairer mon chevet,
Je commence ma carrière
Par visiter mon buffet.
A chaque mêts que je touche,
Je me crois l'égal des Dieux,
Et ceux qu'épargne ma bouche
Sont dévorés par mes yeux.

Boire est un plaisir trop fade
Pour l'ami de la gaîté;
On boit lorsqu'on est malade,

On mange en bonne santé.
Quand mon délire m'entraîne,
Je me peins la volupté
Assise, la bouche pleine,
Sur les débris d'un pâté.

A quatre heures, lorsque j'entre
Chez le traiteur du quartier,
Je veux toujours que mon ventre
Se présente le premier;
Un jour les mêts qu'on m'apporte
Sauront si bien l'arrondir,
Qu'a moins d'élargir la porte,
Je ne pourrai plus sortir.

Un cuisinier, quand je dîne,
Me semble un être divin,
Qui du fond de sa cuisine
Gouverne le genre humain;
Qu'ici bas on le contemple
Comme un ministre du ciel,

Car sa cuisine est un temple
Dont les fourneaux sont l'autel.

Mais, sans plus de commentaires,
Amis, ne savons-nous pas
Que les noces de nos pères
Finirent par un repas;
Qu'on vit une nuit profonde
Bientôt les envelopper,
Et que nous vînmes au monde
A la suite d'un souper?

Je veux que la mort me frappe
Au milieu d'un grand repas,
Qu'on m'enterre sous la nappe
Entre quatre larges plats;
Et que sur ma tombe on mette
Cette courte inscription:
« Ci-gît le premier poëte
» Mort d'une indigestion. »

LA ROSE.

VERMEILLE Rose
Que le zéphir
Vient d'entr'ouvrir,
A peine éclose
Tu dois périr.
Des trésors de ton sein,
Si quelque main dispose,
Tu renais au premier matin.
Mais sur ta tige
Tu dois périr
Sans refleurir,
Si l'on néglige
De te cueillir.

Le sein d'Elvire
A ta couleur
Et ta fraicheur;
Elle respire

Ta douce odeur.
Dupe de mon ardeur,
Envain mon cœur desire
Moissonner cette tendre fleur;
L'indifférence
Vas la flétrir
Et me ravir
La jouissance
De ce plaisir.

Telle est l'image
Des courts instants
De nos beaux ans.
C'est par l'usage
Qu'ils sont charmants;
Ils volent sans retour,
Portés sur un nuage
Qui fuit avec le tendre amour.
Mais quel dommage
Quand notre cœur
De son bonheur

Perd l'avantage
Par une erreur.

A UNE JEUNE INDIFFERENTE.

Air : *O Fontenay, qu'embellissent les roses.*

Jeune beauté, de l'aimable nature
Que votre cœur sache entendre la voix,
Contre elle en vain l'indifférent murmure,
Point de bonheur pour qui ne suit ses loix.

Par sa fraicheur, dans l'empire de flore,
La fleur naissante a droit de charmer;
Comme elle aussi, la belle à son aurore,
Par sa fraicheur a le don d'enflammer.

Bel est pour nous le rosier de la vie;
Jeune bouton toujours plaît à cueillir;

Mais quand la rose est trop épanouie,
Sur son épine on la laisse mourir.

Saisissons donc, sans espérances vaines;
Les courts instants qu'amour laisse aux desirs;
Le temps cruel se traîne sur nos peines,
Le temps jaloux vole sur nos plaisirs.

CONSEILS

A Mademoiselle R... T.

Air : *Femmes qui voulez éprouver*

LOUISE, veux-tu t'attacher
Cet amant que ton cœur préfère;
Fais en sorte de lui cacher
Qu'il est aimé, qu'il a su plaire.
Sans opposer à son ardeur
Une éternelle résistance,

Arme-toi d'un peu de rigueur;
Le dégoût suit la jouissance.

Le sentiment s'éteint un jour,
Et l'impitoyable vieilesse
Flétrit les roses de l'amour,
Et met un terme à son ivresse.
A la beauté sache allier
De plus durables avantages?
Du temps, l'esprit fait oublier
Les irréparables outrages.

C'est par les agréments du cœur
Qu'il faut encore chercher à plaire,
Au minois le plus enchanteur
On préfère un bon caractère;
Il survit aux brulants desirs,
Il nous rend légères nos chaînes;
Et dans l'âge des souvenirs
Il nous console de nos peines.

*

NAÏVETÉ.

PAUL en rentrant dans son hameau
Disoit : Que ce Paris est beau !
Que de palais ! Que de boutiques !
Que de ponts ! ... de places publiques !
Pour moi c'est un pays nouveau ;
Il est loin des champs, quel dommage !
Si, prenant un autre parti,
Dans la campagne on l'eût bâtit,
Paris feroit un fier village.

SOUHAITS DE BONNE ANNÉE,

A UN AMI.

Air ad libitum.

POUR moi qui sais que la santé

Te plaît beaucoup : je t'en sou-
haite.
Une inaltérable gaîté
N'est pas sans prix : je t'en sou-
haite.
Belle maîtresse qui pour toi
Ait amour vrai : je t'en souhaite.
Ami qui t'aime autant que moi,
De tout mon cœur : je t'en sou-
haite.

ÉPIGRAMME.

Veux-tu lire mes comédies ?
Disoit Robert. — Lucas soudain,
Le conduisant aux Tuileries,
Lui dit : Veux-tu voir mon jardin ?

COUPLET.

Air : *Femmes voulez-vous éprouver.*

Entre les femmes et les fleurs
Il est plus d'une ressemblance ;
Leur éclat, leurs vives couleurs,
N'ont qu'une fragile existence ;
Mais comme un doux parfum survit
A la fleur qui se décolore,
A la beauté qui se flétrit
Les vertus survivent encore.

MORALITÉ.

L'honneur est un vase fragile,
Si l'on en croit les gens sensés ;
Dans cette belle et grande ville,
Ah ! bon Dieu ! que de pots cassés.

QUE D'AVEUGLES !

Air des Fleurettes.

UN avare est aveugle
En ne jouissant pas ;
Un prodigue est aveugle
En jettant ses ducats ;
L'ambitieux est aveugle
En poursuivant la grandeur ;
Et sur ses vers, un auteur
Est bien aveugle.

Une mère est aveugle
Sur ses tendres enfants ;
La coquette s'aveugle
Sur l'outrage des temps ;
Les peuples souvent aveugles,
Ont maltraité leurs amis ;
Et trop heureux les maris
Qui sont aveugles.

Si la vieille s'aveugle
Sur l'injure des ans,
Lise n'est point aveugle
Sur ses appas naissants;
Son cœur, en aveugle,
La conduit sur le gazon,
Et sa première leçon
Vient d'un aveugle.

Toute femme qu'on aime
N'a rien que de parfait;
Quand l'amour est extrême
Voit-on clair en effet?
Cet amour qui nous aveugle
Porte un bandeau sur les yeux,
Et lorsqu'il nous rend heureux,
C'est en aveugle.

MADRIGAL.

L'AMOUR EMBARRASSANT.

Air : *Femmes voulez-vous éprouver.*

JE mourrai d'un trop grand desir
Si je la trouve inexorable,
Je mourrai de trop de plaisir
Si je la trouve favorable;
Ainsi je ne saurais guérir
De la douleur qui me posséde,
Je suis assuré de périr
Par le mal ou par le remède

RONDEAU.

AUX FEMMES.

SEXE charmant, sexe volage,
De mes desirs, aimable auteur,

Viens recevoir le tendre hommage
Que malgré moi t'offre mon cœur.

Par une pente enchanteresse,
Vers toi je me sens attiré;
Je pleure en vain sur ma foiblesse,
Tu fus fait pour être adoré;
Devant toi la raison austère
Pâlit, se trouble et cède enfin,
Et contre la critique amère
Cherche un asile dans ton sein.

MINEUR.

Mais à cet attrait invincible,
Pourquoi voudrais-je résister?
Pourquoi fuir un être sensible,
Quand je sens mon cœur palpiter?
Ah! cet effort impossible,
Pardon, sexe aimable et charmant!
Ne point t'aimer est trop pénible;
Il faut mieux souffrir en t'aimant.

A LA NUIT.

ROMANCE.

Air à faire.

SOMBRE Nuit, mère du silence,
J'aime à penser qu'en ce moment
Tu rends le calme à l'innocence,
Et trouble le cœur du méchant.
Pour lui, de tes crêpes funèbres,
Nuit profonde, épaissis l'horreur!
Fais sortir du sein des ténèbres
Et le remords et la terreur.

Mais sous le toît de l'indigence,
Conduis avec sécurité
La délicatesse bienfaisante,
Qui se confie à ta clarté.
Sa voix discrette et consolante,
Sa voix si douce aux cœurs émus,

T'admet pour seule confidente
De leurs malheurs, de leurs vertus.

Sois la déesse tutélaire
Des cœurs faits pour s'aimer tou-
jours,
Que Phœbé dans son cours éclaire
L'asile des ris, des amours;
Si tu voyais naître un orage
Pour troubler des momens si doux,
Nuit propice, amène un nuage
Entre l'amour et les jaloux!

LA JEUNE FILLE RECONNAISSANTE.

ROMANCE.

Air : *Du second Chapitre.*

DU plus horrible des forfaits,
Dorval préserva mon enfance;

Moi, l'oublier! Ah! pour jamais
J'en dois garder la souvenance;
Ses desirs sont pour moi des lois,
J'admire sa beauté touchante,
Est-ce de l'amour? non, je crois,
Je ne suis que reconnaissante.

Si je vois sur sur front serein
S'élever un léger nuage,
Bientôt l'empreinte du chagrin
Obscurcit aussi mon visage;
Mais le son de sa voix
Suffit pour me rendre contente;
Est-ce de l'amour? non, je crois,
Je ne suis que reconnaissante.

S'il est absent de ce château,
Malgré moi distraite et pensive,
J'attends sous l'ombre d'un ormeau
De son retour l'heure tardive;
Mais sitôt que je l'apperçois,

Son aspect me trouble et m'en-
chante ;
Est-ce de l'amour ? non, je crois,
Je ne suis que reconnaissante.

COUPLETS

A une jolie Femme.

Air : *La vie la plus jolie.*

LA rose
A peine éclose
Du papillon
Fixe, dit-on,
Et les soupirs
Et les desirs.

Comme elle
Vous êtes belle ;
Et tant d'attraits

Ont pour jamais
Séduit mes yeux,
Fixé mes vœux.

Jeunesse,
Candeur,
Sagesse,
Grâces, fraicheur,
Charmes du cœur,
Esprit et goût,
Vous avez tout.

L'amant
Volage,
Plus doux, plus sage,
En vous voyant
Un seul instant,
Devient constant.

La rose, etc.

Dans la main qui la cueille,

Si la rose s'effeuille,
Sur sa tige, entre nous,
A-t-elle un sort plus doux?

La rose, etc.

MES SOUHAITS DU JOUR DE L'AN A SUZETTE.

Air: *Quand par les talents, les vertus.*

ECOUTE bien mes vœux pour toi:
Puisse-tu, ma chère Susette,
N'avoir point d'autre amant que moi;
Et, cette année, être discrette,
Carressante et douce à la fois;
Puisse-tu n'être point coquette!
Tiens, c'est trop exiger, je crois,
La moitié!... tu seras parfaite.

ÉPITAPHE D'UN AUTEUR.

Un mauvais auteur gît ici ;
Ah ! pour les lettres quel dommage !
Il mourut, ce dit-on, d'ennui,
En relisant son propre ouvrage.

IMPROMPTU

A Mademoiselle A. L., le jour de sa Fête.

Air : *Il faut des époux assortis.*

En faisant ce petit bouquet,
A la beauté je rends hommage.
Un autre vous offre un œillet,
Mais vous convient-il davantage ?
Non, vous en recevez de tous ;

Irai-je vous offrir encore
Des fleurs qui sont auprès de vous
Ce qu'est la nuit près de l'aurore.

LES ADIEUX.

Air : *Souvent la nuit quand je sommeille.*

SUR mon front est pâleur mortelle,
Dans mes yeux les pleurs ont tari ;
Mon esprit s'égare loin d'elle,
Et son nom fut mon dernier cri.
Vous, qui brûlez d'amour extrême,
Jamais n'éprouvez ma douleur ;
Voir son amie est le bonheur,
Adieux, c'est la mort quand on aime.

Il n'est plus d'air pur sur la terre
Loin du souffle de la beauté ;
Au monde il n'est plus de lumière
Si doux regard ne m'est jetté ;

Tout disparaît ; l'amitié même
Perd son charme consolateur ;
Voir ton amie est le bonheur,
Adieux, c'est la mort quand on
aime.

Souvenir, vous n'êtes qu'un songe
Si près de la réalité.
Ah ! qui peut vivre d'un mensonge
A peu senti la vérité !
Regret, c'est un tourment extrême,
Le retour n'est qu'espoir trompeur ;
Voir son amie est le bonheur,
Adieux, c'est la mort quand on
aime.

L'OISELEUR.

Air : *J'ai vu par-tout dans mes voyages.*

UN jeune oiseleur, sous l'ombrage,

Prenait de timides oiseaux;
Il en vit un dans le bocage,
Et rassembla tous ses gluaux.
Fier d'une rencontre si belle,
Ses yeux admiraient tour à tour
Sa grosseur, sa beauté, son aile...
Et cet oiseau c'était l'Amour.

Il le poursuit, mais il s'échappe,
L'enfant use en vain de détour;
Si l'Amour souvent nous attrape,
Nous n'attrapons jamais l'Amour.
Le jeune oiseleur plein de rage,
Jette loin de lui ses gluaux;
Au vieux berger du voisinage
Il s'en va raconter ses maux.

Il lui montre l'oiseau volage;
Le vieillard lui dit: Pauvre enfant!
Laisse l'oiseau dans le bocage,
Il est beau, mais il est méchant.

Oh ! que de tourments il t'apprête !
Il fuit, il t'évite à présent,
Et viendra fondre sur ta tête
Quand tu ne seras plus enfant.

L'AMANT ABANDONNÉ.

ROMANCE.

Air *du vaudeville des Visitandines.*

DANS le chagrin et la tristesse,
Faudra-t-il terminer mes jours,
Loin de l'objet de ma tendresse ?
Je pleure, hélas ! sur nos tristes amours.
Mais c'est toi, perfide Julie,
Qui romps aujourd'hui nos doux nœuds.
Toi qui, brûlant des plus beaux feux,
Devait m'aimer toute la vie.

Assis à l'ombre d'un vieux chêne,
Un jour je chantais tendrement.
Les oiseaux, témoins de ma peine,
Répétaient au loin mon tourment,
Quand l'image de la cruelle
Vint me tracer ces temps heureux
Où, partageant mes tendres feux,
Elle jurait d'être fidelle.

Je me lève, et dans ma souffrance,
Je fuis de ce lieu douloureux,
En vain je conçois l'espérance
D'en trouver d'autres plus heureux.
Sur les bords d'un ruisseau paisible
Je cherche à goûter le repos;
Mais peut-on oublier ses maux
Quand à l'amour on est sensible.

Auprès de cette onde limpide
Un instant je fus dans l'erreur,
Elle me fit voir la perfide,

J'éprouvai le calme à mon cœur ;
Hélas ! dis-je, toute ma vie,
Quoiqu'elle cause mes tourments,
Ce cœur fidèle à ses serments
Ne cessera d'aimer Julie.

O vous ! qu'une ingratte maîtresse
Cause le tourment de vos jours,
Tendres amants, avec ivresse,
Conservez toujours vos amours :
L'on est heureux dans la souffrance,
Croyez-en un infortuné,
L'on trouve quoiqu'abandonné,
Le vrai bonheur dans la constance.

ENIGME.

Je suis un animal, leste, petit, poltron,
Je suis hôte des bois et habitant des champs ;

L'on me chasse sur-tout au temps de la
Moisson,
Et sur les bords des bois, dans le fort
du printemps ;
Je suis gris aux vallons, blanc dans quel-
ques montagnes ;
Ces derniers lieux pour moi sont pays
de Cocagne.

Le mot est à la fin.

CHANSON.

LE BON PETIT MENAGE,

Attribué à Jean-Jacques Rousseau.

Air : *Fanfare de Saint-Cloud.*

LA fortune et ses largesses
N'excitent point mes desirs,
A la place des richesses,
J'en ai reçu des plaisirs ;

Partage bien favorable
Et plus précieux que l'or,
Ma compagne est agréable,
Oui, ma femme est un trésor.

Nous vivons assez à l'aise
Dans un petit cabinet,
Car nous n'avons qu'une chaise,
Près du lit un tabouret.
Mais dans ce lieu délectable
Que sa présence embellit,
L'appétit nous met à table,
Et l'amour nous met au lit.

Nos repas sont peu superbes;
Tout est si cher à présent;
Mais ma femme, avec des herbes,
Sait me renvoyer content.
Chaque morceau qu'elle touche
Prend d'elle tant de saveur,
Qu'il semble faits pour ma bouche
Encore moins que pour mon cœur.

Ma femme toujours opine
Pour ménager quelques sous,
Nous ne buvons que chopine,
Chaque repas, entre nous;
Mais, quoique vin de taverne,
Et souvent du bas percé,
Il vaut mieux que du Falerne
Quand par elle il est versé.

Qu'un commis s'habille en prince,
Il ne me fait pas la loi;
Un bourgeois serait bien mince
S'il n'était mieux mis que moi;
Mais mes chemises sont faites
Par ma femme et de son lin,
Et mon col et mes manchettes
Furent cousus de sa main.

Nous avons bien de la peine,
Nous la prenons sans regret,
Car le poids de notre chaine

S'allège par son objet.
Dans nos travaux, même zèle
Nous soutient et nous conduit;
Qnand mon cœur dit : c'est pour
elle,
Le sien répond : c'est pour lui.

VERS

Faits sur le Mariage de Madame de Saint-Pierre.

Air : *Je l'ai planté, &c.*

MON petit Paul, ma Virginie,
Parez-vous d'un souris nouveau;
Une mère, une tendre amie
Veille encor sur votre berceau.

Embrassez cette tendre mère,
Qui déjà se mêle à vos jeux.

Vous la devez à votre père ;
Son bonheur va vous rendre heureux.

Pour prendre soin de votre enfance
Moi seul, hélas! qu'aurais-je pu?
Pour protéger votre innocence,
Près de vous j'ai mis la vertu.

O journée en bonheur féconde!
Restez, amis ; fuyez, méchants ;
Qu'ais-je à desirer dans le monde,
Voilà ma femme et mes enfants.

CHARADE.

Mon premier cause assez souvent
A jolis pieds douleur cruelle,
Le philosophe, ou le savant,
Lorsqu'il voit mon entier, chan-
celle,

Et bientôt faisant l'écolier
Il cesse d'être mon dernier.

Le mot est à la fin.

LES REGRETS

Des bons habitants de Paris, à l'annonce du départ de S. S. le Pape Pie VII.

Air : *Adieu donc, dame Françoise.*

QU'ENTENS-JE ! ô notre Saint-Père,
Quoi ! vous allez nous quitter ?
Nous allons vous regretter
Et d'un regret bien sincère
Qu'avez su tant mériter... (*bis.*)
Non, jamais si digne Père
N'est venu nous visiter.

Par impulsion céleste
En tous lieux nous vous suivions,
Dans vos traits nous admirions
La vertu simple et modeste,
Donnant bénédictions... (*bis.*)
Par impulsion céleste
En tous lieux nous vous suivions.

Oui, de vos mains paternelles
Nous avons été bénis,
Et nos cœurs bien convertis,
Sont aujourd'hui plus fidèles,
Plus chrétiens et plus unis... (*bis.*)
Car de vos mains paternelles.
Nous avons été bénis.

Toujours dans notre mémoire
Un si bon Pape vivra,
Et Dieu le conservera
Pour l'église et pour sa gloire.
Nos vœux obtiendront cela... (*b.*)

Toujours dans notre mémoire
un si bon Pape vivra.

La noble et sage Italie
Veut jouir de son trésor;
Il vaut plus que mines d'or.
Et, quoiqu'il nous fasse envie,
L'en priver serait un tort... (*bis.*)
Remettons à l'Italie
Son plus précieux trésor.

Adieu donc notre Saint-Père,
Puisqu'il faut nous séparer;
Ah! nous saurons vous aimer
Au loin comme en notre terre,
Et sur-tout vous révérer... (*bis.*)
Mais votre départ, Saint-Père,
Nous fera long-temps pleurer.

LE JOUR DE L'AN,

Tiré du vaudeville de la Réunion de Famille.

Air : *La Walse est chez nous.*

DANS ce jour de l'an,
Prenant leur élan,
  Que de gens
  Diligents,
  Obligeants !
Que de compliments !
  On les prend,
  On les rend,
  En courant.
 A la sourdine,
 Chez la voisine,
  Le matin,
  Le voisin

Chemine,
Lui fait
L'hommage d'un bouquet,

A la ville, aux champs,
Amis et parents
Sont flattés,
Visités
Et fêtés.
Chez tous ceux qu'on voit,
On donne, on reçoit,
Des bombons,
Des leçons,
Des chansons.
Chez l'homme en place,
Où l'on grimace,
Lestement
Un moment
On passe,
Et l'on dit
Que l'on est en crédit.

Dans ce jour de l'an, &c.

LOGOGRIPHE.

Je suis, sur mes six pieds, et ta femme
et ta mère;
Ote-moi tête et queue, et je serai ton
père :
Par le milieu du corps veux-tu me cou-
per sans pitié,
De toi-même je suis la plus noble
moitié.

Le mot est à la fin.

L'AIMABLE IMPOLIE.

Air : *Philis demande son portrait.*

Lise me dit tout uniment
Que je suis une bête;
Je trouve cet aveu charmant

Autant que malhonnête.
Cette injure a tant d'agrément
Qu'il faut qu'on la lui passe ;
Et dans un mauvais compliment
Elle met de la grace. (*bis.*)

En me traitant du haut en bas
Lise en est plus touchante,
C'est qu'elle ne réussit pas
A faire la méchante.
Quand par un mot injurieux
Sa bouche veut déplaire,
Celui qui regarde ses yeux
Devine le contraire. (*bis.*

Un autre à ma place aurait dit
Ce quelle ignore encore :
« Quelqu'un peut-il manquer d'es-
» prit ,
» Lise , quand il t'adore ? ... »
Quant à moi j'exprime autrement
Mon ardeur et mon zèle ;

Mon esprit devient sentiment
Quand je suis auprès d'elle. (*bis.*)

Lorsque pour un objet charmant
Un berger s'intéresse,
Il perd bientôt son enjouement
A force de tendresse.
Ton courroux, Lise, me ravit;
Mais pour que je me venge,
Lise, donne-moi ton esprit,
Prends mon cœur en échange. *b.*

LA NOUVELLE ANTIGONE,
A un jeune séducteur.

Air *nouveau.*

IL dort en paix ce vieillard vénérable,
Digne et tendre auteur de mes jours!
Mon Dieu! soutiens de ta main secou-
rable,
L'objet de mes chastes amours. (*b.*)

Seule je suis l'appui de sa vieillesse ;
Seule je veux l'être toujours !
Il n'a pas trop de toute ma tendresse ;
Et j'aurais trop d'autres amours. (*b.*)

Par ses leçons il sut de mon enfance
Diriger le tranquille cours ;
J'appris de lui que la douce innocence
Existe en paix loin des amours. (*b.*)

Ah ! si du poids d'une indigne faiblesse
Sa fille accablait ses vieux jours,
Il en mourrait ; et son ombre sans cesse
Me reprocherait mes amours. (*bis.*)

CANTIQUE

SUR LES ATHÉES.

Air : *La Victoire en chantant, &c.*

ÊTRE immense, éternel, qui formas tous les êtres,
Seul grand de ta propre grandeur !
Maître juste et vengeur de ceux qui sont nos maîtres,
Des opprimés seul protecteur !
Quand tout parle de ta puissance,
Quand tout révèle ta splendeur,
Pour avouer ton existence,
Je n'ai besoin que de mon cœur...

REFRAIN *que le chœur répète.*

Dieu souverain, ta créature
Oserait encore te nier !

Et pourtant toute la nature }
Existe pour te publier ! } (b.)

De savants prétendus une horde intraitable,
Digne de ses honteux succès,
Méritant le mépris dont elle nous accable,
Croyait te ravir aux Français ;....
Le Français tout-à-coup s'indigne
Bientôt, abjurant toute erreur,
Du culte il arbore le signe ;
Du monde il révère l'auteur...

Dieu souverain, &c.

Le soleil dans son cours ranime en vain la terre
De son éclat toujours nouveau ;
Ce sophiste effronté, redoutant sa lumière,

Sur ces deux yeux met un bandeau,
Va, va, discoureur téméraire!
Trop tard tu verras clair un jour!..
Mais cette clarté funéraire
Te guide au ténébreux séjour!...

Dieu souverain, &c.

Ce stupide mortel, cet orgueilleux sectaire,
Tout en niant le créateur,
Offre à Dieu de son cœur l'hommage involontaire,
Dès qu'il est en proie au malheur.
Dans l'excès de son épouvante
Soudain il s'écrie : *O mon Dieu!...*
Est-ce une idole qu'il invente?
Ou du ciel se fait-il un jeu?

Dieu souverain, &c.

Quoi? j'ai vu l'innocent vexé par le coupable,

Le crime toujours triomphant !
Et toujours la vertu, proscrite et misérable,
Fut la victime du méchant !...
Quand ce tableau me désespère,
Quel ordre a retenu mon bras ?
Et pourquoi rester sur la terre
Si Dieu ne me l'ordonnait pas.

Dieu souverain, &c.

Endurez tous vos maux, vous, faibles qu'on opprime !...
Et sans murmure et sans espoir,
Supportez l'injustice, et pensez que du crime
Rien ne balance le pouvoir !
Si le présent n'a point de charmes,
L'avenir sera consolant ;
Vous aurez pour prix de vos larmes,
Et pour tout bonheur, le néant !...

Dieu souverain, &c.

Par toi seul ici bas, Consolateur aimable,
Nous jouirons de l'avenir!
En dépit des tyrans, ta grace secourable
De nos tourments fait un plaisir!...
Ta voix en secret dit: « coupable!
» La palme est après les combats;
» Et le sophiste qui m'outrage,
» Verra si je n'existe pas!... »

Dieu souverain, &c.

TANT PIS POUR ELLE.

ROMANCE.

Air: *nouveau*.

N'AI rien jamais tant aimé qu'elle!
N'ai rien jamais trouvé si beau!

N'ai rien jamais tant songé qu'elle !
Penser d'amour toujours nouveau !
Zéphir d'amour, n'aspirant qu'elle,
Dans mes sens souffle le bonheur !
Foyer d'amour brûlant pour elle,
S'allume toujours dans mon cœur !

Si son amitié plus ne dure,
Si plus ne la fait revenir,
Abandonné dans la nature,
Plus n'ai besoin que de mourir!
Charmé de son tant doux servage,
N'avais au monde autre penchant.
Pour réparer si grand dommage,
Amour n'a rien d'assez touchant.

De sa tendresse mensongère
Laissez-moi le charme trompeur.
Et puisse tant belle chimère
Bercer long-temps mon pauvre cœur !

Pour tendre amant qui toujours
aime,
Erreur vaut mieux que vérité....
Croyance d'être aimé de même
Est songe de félicité !

Adieu faut dire à la cruelle !
Adieu faut dire à tant d'appas !
Plus ne sera d'amant fidèle
Qui, comme moi suive ses pas !
Plus ne sera bonne ni belle,
Beauté que mon œil fixera....
Puisque ne fixera plus celle
Pour qui mon cœur tant soupira !

Plus ne sera ma douce amie,
Cel'e que toujours j'adorai !
Terminera bientôt ma triste vie
Chagrin dont mon cœur est navré !
M'appellera sa voix peut-être....
M'appellera... mais vainement !...

Regrets trop tard viendront à naître ;
Pleurs couleront ! mais plus d'amant !

LE JOUR DE L'AN.

UN ENFANT A SA MÈRE.

Air : *Que ne suis-je la fougère ?*

ON veut en vain de l'année,
Supprimer les compliments,
L'ame sensible et bien née
Tient à ses engagements ;
Celui-ci, par la nature,
Est depuis mille ans fondé,
Et d'une source trop pure
Pour être mis de côté.

Air : *Femmes voulez-vous éprouver.*

Pourquoi vouloir, du nouvel an,

Abattre la coutume antique?
Près de sa mère un tendre enfant
Met de côté la politique.
Je ne crois pas que mon bonheur
Soit un acte liberticide;
Quand on n'écoute que son cœur
On suit toujours le meilleur guide.

ODE AU SOLEIL,

PAR UN PRISONNIER.

IMAGE de l'Être-Suprême;
Astre utile et bienfaisant,
Le pauvre, le riche lui-même,
S'attendrissent en te voyant.

En sentant ta douce flamme,
L'infortuné croit jouir:
Il ressent même en son ame
Une espèce de plaisir.

Ah! si mon cœur depuis long-temps
gémit,
Tu te montres, et ta présence,
En ranimant mon espérance,
A seule l'art d'égayer mon ennui.

BOUQUET.

Air : *Ne dérangez pas le monde.*

Des vertus digne assemblage,
Vous qui regissez ces lieux,
Daignez recevoir l'hommage
De nos cœurs et de nos vœux.
A l'envi chacun s'apprête
A célébrer ce grand jour,
Où nous consacrons la fête
Du respect et de l'amour.

Venez, riches dons de Flore,

Venez couronner son front ;
Tout l'éclat qui vous décore
Se détruit et se corrompt ;
Mais ces dons de la nature,
La candeur et la bonté,
Et la vertu la plus pure
Ont moins de fragilité.

Si la loi des destinées
Se plioit à nos desirs,
Vous passeriez vos années
Sur les roses du plaisir ;
Et loin que le sort contraire
Osât troubler vos beaux jours,
L'avenir le plus prospère
En prolongerait le cours.

A CELLE QUE J'EPOUSERAI.

Air : *O toi qui n'eus jamais dû naître.*

Toi, dont j'ignore la naissance,
Et qui dois faire mon bonheur;
Dont je cherche et crains la pré-
sence,
Connais les secrets de mon cœur;
Belle inconnue,
Viens à ma vue,
Heureux de vivre sous ta loi,
Toute ma vie,
Ma seule envie
Sera de m'occuper de toi!

Lorsque nous serons en ménage,
Que l'amour habite avec nous!
Pour fixer cet enfant volage,
Nous serons amants quoiqu'époux.

Dans notre asile,
Simple et tranquille,
L'hymen, ce dieu plein de douceur,
Voyant sans cesse
Notre allégresse,
Sera pour nous le vrai bonheur!

Des fleurs que donne la nature,
Nous couvrirons la faulx du temps;
Et dans l'ivresse la plus pure,
S'écouleront tous nos instants.
La confiance,
La prévenance,
Embelliront notre séjour;
De l'hyménée,
La destinée
Sera l'ouvrage de l'amour!

LES FEMMES

JUSTIFIÉES D'ÊTRE INCONSTANTES.

Air : *Femmes voulez-vous éprouver.*

UN des faits les mieux reconnus
Nous constate aujourd'hui, mesdames,
Qu'on compte une fibre de plus
Dans le cœur de toutes les femmes ;
Rien ne me semble mieux prouvé,
Et pour moi plus facile à croire ;
Mais dans leur tête on a trouvé
Case de moins pour la mémoire.

Il est donc simple qu'à l'amour
Femme soit plus que nous portée ;
Changeant, rechangeant chaque jour,

D'un nouvel amant enchantée.
C'est donc, et très-innocemment,
Qu'au matin, quand elle s'éveille,
Plus ne se souvient de l'amant
Qu'elle rendit heureux la veille.

A UNE TOURTERELLE.

ROMANCE.

Air : *D'une amante abandonnée.*

TU te plains, ô Tourterelle !
Et je te plains aussi ;
L'objet qui nous est fidèle,
Nous le demandons ici.
Dans la douleur qui te presse,
Ton amant est loin de toi ;
Dans ma cruelle détresse,
Almanse vit loin de moi.

De ta vive inquiétude

Tu fatigues les forêts ;
Je remplis ma solitude
De soupirs et de regrets.
Tu jouis dans ta tendresse,
Je chéris mes sentiments ;
Tu te plait dans ta tristesse,
Je me plais dans mes tourments.

Tu ne conserves la vie
Qu'en espérant le revoir ;
Pour mon Almanse chérie,
Je garde le même espoir.
Ton malheur au mien ressemble ;
Viens, je vais te consoler ;
Les pleurs qu'on répand ensemble
Ont moins de peine à couler.

O plaintive Tourterelle !
Qui soupire nuit et jour,
Avec un ami fidèle,
Redis au bois d'alentour :

Si les peines de l'absence
Nous causent tant de douleur!
Que celle de l'inconstance
Doivent donc coûter de pleurs !...

ÉPITAPHE

D'UNE FEMME GALANTE.

CI-GIT indulgente et bonne;
Elle eut plus d'un favori,
Et ne maltraita personne,
Hormis pourtant son mari.

Le mot de l'énigme est *Lièvre*.
Le mot de la charade est *Corsage*.
Le mot du logogriphe est *Madame*, où l'on trouve *Adam*, *Ame*.

FIN.

www.ingramcontent.com/pod-product-compliance
Ingram Content Group UK Ltd.
Pitfield, Milton Keynes, MK11 3LW, UK
UKHW021205220726
13924UKWH00003B/1335

9 782019 676223